AF401437

DE L'IMITATION THÉATRALE;

ESSAI

TIRÉ DES DIALOGUES DE PLATON:

PAR M. J. J. ROUSSEAU, DE GENÉVE.

A AMSTERDAM,

Chez Marc-Michel Rey, Libraire.

M. DCC. LXIV.

AVERTISSEMENT.

CE petit écrit n'est qu'une espèce d'extrait de divers endroits où Platon traite de l'Imitation théâtrale. Je n'y ai gueres d'autre part que de les avoir rassemblés & liés dans la forme d'un discours suivi, au lieu de celle du Dialogue qu'ils ont dans l'original. L'occasion de ce travail fut la Lettre à M. d'Alembert sur les Spectacles ; mais n'ayant pu commodément l'y faire entrer, je le mis à part pour être employé ailleurs, ou tout-à-fait supprimé. Depuis lors, cet écrit étant ſorti de mes

mains, ſe trouva compris, je ne ſçais

comment, dans un marché qui ne me

regardoit pas. Le Manuſcrit m'eſt re-

venu : mais le Libraire l'a réclamé

comme acquis par lui de bonne foi, &

je n'en veux pas dédire celui qui le lui

a cédé. Voilà comment cette bagatelle

paſſe aujourd'hui à l'Impreſſion.

DE
L'IMITATION
THÉATRALE.

Lus je fonge à l'établiſſement de notre République imaginai-re, plus il me ſemble que nous lui avons preſcrit des loix utiles & appropriées à la nature de l'homme. Je trouve, ſur-tout, qu'il importoit de don-ner, comme nous avons fait, des bornes à la licence des Poëtes, & de leur inter-dire toutes les parties de leur art qui ſe rapportent à l'imitation. Nous reprendrons même, ſi vous voulez, ce ſujet, à préſent que les choſes plus importantes ſont exa-minées ; &, dans l'eſpoir que vous ne me

A iij

dénoncerez pas à ces dangereux ennemis, je vous avouerai que je regarde tous les Auteurs dramatiques, comme les corrupteurs du peuple, ou de quiconque, se laissant amuser par leurs images, n'est pas capable de les considérer sous leur vrai point de vue, ni de donner à ces fables le correctif dont elles ont besoin. Quelque respect que j'aye pour Homère, leur modèle & leur premier maître, je ne crois pas lui devoir plus qu'à la vérité ; & pour commencer par m'assurer d'elle, je vais d'abord rechercher ce que c'est qu'imitation.

Pour imiter une chose, il faut en avoir l'idée. Cette idée est abstraite, absolue, unique & indépendante du nombre d'éxemplaires de cette chose qui peuvent exister dans la Nature. Cette idée est toujours antérieure à son exécution : car l'Architecte qui construit un Palais, a l'idée d'un Palais avant que de commencer le sien. Il n'en fabrique pas le modèle, il le suit, & ce modèle est d'avance dans son esprit.

Borné par son art à ce seul objet, cet Artiste ne sçait faire que son Palais ou d'autres Palais semblables : mais il y en a de bien plus universels , qui font tout ce que peut exécuter au monde quelque ouvrier que ce soit , tout ce que produit la Nature , tout ce que peuvent faire de visible au ciel , sur la terre , aux enfers , les Dieux mêmes. Vous comprenez bien que ces Artistes si merveilleux sont des Peintres , & même le plus ignorant des hommes en peut faire autant avec un miroir. Vous me direz que le Peintre ne fait pas ces choses, mais leurs images : autant en fait l'ouvrier qui les fabrique réellement, puisqu'il copie un modèle qui existoit avant elles.

Je vois là trois Palais bien distincts. Premierement le modèle ou l'idée originale qui exiſte dans l'entendement de l'Architecte, dans la Nature, ou tout au moins dans ſon Auteur avec toutes les idées poſſibles dont il eſt la ſource : en ſecond lieu, le Palais de l'Architecte, qui eſt l'image de ce modèle ; & enfin le Palais du Peintre, qui eſt l'image de celui de l'Architecte. Ainſi, Dieu, l'Architecte & le Peintre ſont les auteurs de ces trois Palais. Le premier Palais eſt l'idée originale, exiſtante par elle-même ; le ſecond en eſt l'image ; le troiſième eſt l'image de l'image, ou ce que nous appellons proprement imitation. D'où il ſuit que l'imitation ne tient pas, comme on croit, le ſecond rang, mais le troiſième dans l'ordre des êtres, & que, nulle image n'étant exacte & parfaite, l'imitation eſt toujours d'un degré plus loin de la vérité qu'on ne penſe.

L'Architecte peut faire pluſieurs

Palais fur le même modèle , le Peintre ,
plufieurs tableaux du même Palais : mais
quant au type ou modèle original , il eft
unique ; car fi l'on fuppofoit qu'il y en
eût deux femblables , ils ne feroient plus
originaux ; ils auroient un modèle original , commun à l'un & à l'autre ; & c'eft
celui-là feul qui feroit le vrai. Tout ce
que je dis ici de la peinture eft applicable
à l'imitation théâtrale : mais avant d'en
venir là , examinons plus en détail les
imitations du Peintre.

Non-feulement il n'imite dans fes tableaux que les images des chofes ; fçavoir , les productions fenfibles de la Nature , & les ouvrages des Artiftes ; il ne
cherche pas même à rendre exactement
la vérité de l'objet , mais l'apparence : il
le peint tel qu'il paroît être , & non pas tel
qu'il eft. Il le peint fous un feul point de
vue , & choififfant ce point de vue à fa
volonté , il rend , felon qu'il lui convient ,

le même objet agréable ou difforme aux yeux des spectateurs. Ainsi jamais il ne dépend d'eux de juger de la chose imitée en elle-même ; mais ils sont forcés d'en juger sur une certaine apparence, & comme il plaît à l'imitateur : souvent même ils n'en jugent que par habitude, & il entre de l'arbitraire jusques dans l'imitation *.

---

* L'expérience nous apprend que la belle harmonie ne flatte point une oreille non prévenue, qu'il n'y a que la seule habitude qui nous rende agréables les consonances, & nous les fasse distinguer des intervalles les plus discordans. Quant à la simplicité des rapports sur laquelle on a voulu fonder le plaisir de l'harmonie, j'ai fait voir dans l'Encyclopédie au mot *Consonance*, que ce principe est insoutenable, & je crois facile à prouver que toute notre harmonie est une invention barbare & gothique qui n'est devenue que par trait de tems, un art d'imitation. Un Magistrat studieux qui, dans ses momens de loisir, au lieu d'aller entendre de la musique, s'amuse à en approfondir les systê-

L'Art de repréfenter les objets eft fort différent de celui de les faire connoître. Le premier plaît fans inftruire ; le fecond inftruit fans plaire. L'Artifte qui leve un

---

mes, a trouvé que le rapport de la quinte n'eft de deux à trois que par approximation, & que ce rapport eft rigoureufement incommenfurable. Perfonne au moins ne fçauroit nier qu'il ne foit tel fur nos clavecins en vertu du tempérament ; ce qui n'empêche pas ces quintes ainfi tempérées de nous paroître agréables. Or où eft, en pareil cas, la fimplicité du rapport qui devroit nous les rendre telles ? Nous ne fçavons point encore fi notre fyftême de mufique n'eft pas fondé fur de pures conventions ; nous ne fçavons point fi les principes n'en font pas tout-à-fait arbitraires, & fi tout autre fyftême, fubftitué à celui-là, ne parviendroit pas, par l'habitude, à nous plaire également. C'eft une queftion difcutée ailleurs. Par une analogie affez naturelle, ces réflexions pourroient en exciter d'autres au fujet de la peinture fur le ton d'un tableau, fur l'accord des couleurs, fur certaines parties du deffein où il entre peut-être plus d'arbitraire qu'on ne penfe, & où

plan & prend des dimensions exactes, ne fait rien de fort agréable à la vue ; aussi son ouvrage n'est-il recherché que par les

---

l'imitation même peut avoir des regles de convention. Pourquoi les Peintres n'osent-ils entreprendre des imitations nouvelles, qui n'ont contr'elles que leur nouveauté, & paroissent d'ailleurs tout-à-fait du ressort de l'art ? Par exemple, c'est un jeu pour eux de faire paroître en relief une surface plane : pourquoi donc nul d'entr'eux n'a-t-il tenté de donner l'apparence d'une surface plane à un relief ? S'ils font qu'un plafond paroisse une voûte , pourquoi ne font-ils pas qu'une voûte paroisse un plafond ? Les ombres diront-ils , changent d'apparence à divers points de vue ; ce qui n'arrive pas de même aux surfaces planes. Levons cette difficulté, & prions un Peintre de peindre & colorier une statue de maniere qu'elle paroisse plate, rase, & de la même couleur, sans aucun dessein , dans un seul jour & sous un seul point de vue. Ces nouvelles considérations ne feroient peut-être pas indignes d'être examinées par l'amateur éclairé qui a si bien philosophé sur cet art.

gens de l'art. Mais celui qui trace une perspective, flatte le peuple & les ignorans, parce qu'il ne leur fait rien connoître, & leur offre seulement l'apparence de ce qu'ils connoissoient déjà. Ajoûtez que la mesure, nous donnant successivement une dimension & puis l'autre, nous instruit lentement de la vérité des choses; au lieu que l'apparence nous offre le tout à la fois, &, sous l'opinion d'une plus grande capacité d'esprit, flatte le sens en séduisant l'amour-propre.

LES représentations du Peintre, dépourvues de toute réalité, ne produisent même cette apparence, qu'à l'aide de quelques vaines ombres & de quelques légers simulacres qu'il fait prendre pour la chose même. S'il y avoit quelque mélange de vérité dans ses imitations, il faudroit qu'il connût les objets qu'il imite ; il seroit Naturaliste, Ouvrier, Physicien, avant d'être Peintre. Mais au contraire, l'étendue de ſon art n'eſt fondé que ſur ſon ignorance; & il ne peint tout, que parce qu'il n'a beſoin de rien connoître. Quand il nous offre un Philoſophe en méditation, un Aſtronome obſervant les aſtres, un Géométre traçant des figures, un Tourneur dans ſon attelier, ſçait-il pour cela tourner, calculer, méditer, obſerver les aſtres? Point du tout; il ne ſçait que peindre. Hors d'état de rendre raiſon d'aucune des choſes qui ſont dans ſon tableau, il nous abuſe doublement par ſes imitations, ſoit en nous offrant une apparence vague & trompeuſe, dont ni lui ni nous ne ſçaurions diſtinguer l'erreur; ſoit en employant des meſures fauſſes pour produire cette apparence, c'eſt-à-dire, en altérant toutes les véritables dimenſions ſelon les loix de la perſpective : de ſorte que, ſi le ſens du ſpectateur ne prend pas le change & ſe borne à voir le tableau tel qu'il eſt, il ſe trompera ſur tous les rapports des choſes qu'on lui préſente, ou les trou-

vera tous faux. Cependant l'illusion sera
elle que les simples & les enfans s'y mé-
prendront, qu'ils croiront voir des objets que le Peintre lui-même ne connoît
pas, & des ouvriers à l'art desquels il n'entend rien.

APPRENONS par cet exemple à nous
défier de ces gens universels, habiles dans
tous les arts, versés dans toutes les scien-
ces, qui sçavent tout, qui raisonnent de
tout, & semblent réunir à eux seuls les
talens de tous les mortels. Si quelqu'un
nous dit connoître un de ces hommes
merveilleux, assurons-le, sans hésiter,
qu'il est la dupe des prestiges d'un char-
latan, & que tout le sçavoir de ce grand
Philosophe n'est fondé que sur l'ignorance
de ses admirateurs, qui ne sçavent point
distinguer l'erreur d'avec la vérité, ni
l'imitation d'avec la chose imitée.

CECI nous mène à l'examen des Au-

teurs tragiques & d'Homere leur chef *.
Car plufieurs affurent qu'il faut qu'un
Poëte tragique fçache tout ; qu'il connoif-
fe à fond les vertus & les vices, la politique & la morale, les loix divines & humaines, & qu'il doit avoir la fcience de
toutes les chofes qu'il traite, ou qu'il ne
fera jamais rien de bon. Cherchons donc
fi ceux qui relevent la Poëfie à ce point de
fublimité ne s'en laiffent point impofer
auffi par l'art imitateur des Poëtes ; fi
leur admiration pour ces immortels ouvrages ne les empêche point de voir com-
bien ils font loin du vrai, de fentir que
ce font des couleurs fans confiftance, de
vains

---

* C'étoit le fentiment commun des Anciens,
que tous leurs Auteurs tragiques n'étoient que
les copiftes & les imitateurs d'Homère. Quelqu'un
difoit des Tragédies d'Euripide : *Ce font les reftes
des feftins d'Homère, qu'un convive emporte chez
lui.*

vains fantômes, des ombres; & que,
pour tracer de pareilles images, il n'y a
rien de moins néceſſaire que la connoiſ-
ſance de la vérité : ou bien, s'il y a dans
tout cela quelque utilité réelle, & ſi les
Poëtes ſçavent en effet cette multitude
de choſes dont le Vulgaire trouve qu'ils
parlent ſi bien.

DITES - MOI, mes amis, ſi quelqu'un
pouvoit avoir à ſon choix le portrait de
ſa maitreſſe ou l'original, lequel penſe-
riez-vous qu'il choisît ? Si quelque Artiſte
pouvoit faire également la choſe imitée
ou ſon ſimulacre, donneroit-il la préfé-
rence au dernier, en objets de quelque
prix, & ſe contenteroit-il d'une maiſon
en peinture, quand il pourroit s'en faire
une en effet ? Si donc l'Auteur tragique
ſçavoit réellement les choſes qu'il prétend
peindre, qu'il eût les qualités qu'il décrit,
qu'il ſçût faire lui-même tout ce qu'il fait
faire à ſes perſonnages, n'exerceroit-il pas

B

leurs talens ? Ne pratiqueroit-il pas leurs vertus ? N'éleveroit - il pas des monu-mens à fa gloire plutôt qu'à la leur ? & n'aimeroit-il pas mieux faire lui-même des actions louables , que fe borner à louer celles d'autrui ? Certainement le mérite en feroit tout autre ; & il n'y a pas de raifon pourquoi , pouvant le plus , il fe borneroit au moins. Mais que penfer de celui qui nous veut enfeigner ce qu'il n'a pas pu apprendre ? Et qui ne riroit de voir une troupe imbécille aller admirer tous les refforts de la politique & du cœur humain mis en jeu par un étourdi de vingt ans , à qui le moins fenfé de l'affemblée ne voudroit pas confier la moindre de fes affaires ?

LAISSONS ce qui regarde les talens & les arts. Quand Homere parle fi bien du fçavoir de Machaon , ne lui deman-dons point compte du fien fur la même matiere. Ne nous informons point des malades qu'il a guéris, des élèves qu'il a faits en médecine, des chefs-d'œuvre de gravure & d'orfévrerie qu'il a finis, des ouvriers qu'il a formés, des monumens de son induſtrie. Souffrons qu'il nous enſeigne tout cela, ſans ſçavoir s'il en eſt inſtruit. Mais quand il nous entretient de la guerre, du gouvernement, des loix, des ſciences qui demandent la plus longue étude & qui importent le plus au bonheur des hommes, oſons l'interrompre un moment & l'interroger ainſi : O divin Homere ! nous admirons vos leçons; & nous n'attendons, pour les ſuivre, que de voir comment vous les pratiquez vous-même ; ſi vous êtes réellement ce que vous vous efforcez de paroître ; ſi vos imitations n'ont pas le troiſiéme rang, mais le ſecond après la vérité, voyons en vous le modèle que vous nous peignez dans vos ouvrages ; montrez-nous le Capitaine, le Légiſlateur & le Sage, dont vous nous offrez ſi hardiment le

portrait. La Grece & le Monde entier
célebrent les bienfaits des grands hommes qui posséderent ces arts sublimes dont
les préceptes vous coûtent si peu. Lycurgue donna des loix à Sparte, Charondas à
la Sicile & à l'Italie, Minos aux Crétois,
Solon à nous. S'agit-il des devoirs de
la vie, du sage gouvernement de la mai-
son, de la conduite d'un citoyen dans
tous les états ? Thalès de Milet & le Scy-
the Anacharsis donnerent à la fois l'exemple & les préceptes. Faut-il apprendre
à d'autres ces mêmes devoirs, & insti-
tuer des Philosophes & des Sages qui
pratiquent ce qu'on leur a enseigné ? Ainsi
fit Zoroastre aux Mages, Pythagore à
ses disciples, Lycurgue à ses concitoyens.
Mais vous, Homere, s'il est vrai que
vous ayez excellé en tant de parties ; s'il
est vrai que vous puissiez instruire les hommes & les rendre meilleurs ; s'il est vrai
qu'à l'imitation vous ayez joint l'intelligence & le sçavoir aux discours ; voyons

les travaux qui prouvent votre habileté,
les États que vous avez inftitués, les vertus qui vous honorent, les difciples que
vous avez faits, les batailles que vous
avez gagnées, les richeffes que vous avez
acquifes. Que ne vous êtes-vous con-
cilié des foules d'amis, que ne vous êtes-
vous fait aimer & honorer de tout le monde ? Comment fe peut-il que vous n'ayez
attiré près de vous que le feul Cléophile ?
encore n'en fites-vous qu'un ingrat. Quoi !
un Protagore d'Abdère, un Prodicus de
Chio, fans fortir d'une vie fimple & pri-
vée, ont attroupé leurs contemporains
autour d'eux, leur ont perfuadé d'apprèn-
dre d'eux feuls l'art de gouverner fon
pays, fa famille & foi-même ; & ces hommes fi merveilleux, un Héfiode, un Homere, qui fçavoient tout, qui pouvoient
tout apprendre aux hommes de leur
tems, en ont été négligés au point d'aller
errans, mendiant par tout l'univers ; &
chantant leurs vers de ville en ville, com-

B iij

me de vils Baladins ! Dans ces ſiecles groſſiers, où le poids de l'ignorance commençoit à ſe faire ſentir, où le beſoin & l'avidité de ſçavoir concouroient à rendre utile & reſpectable tout homme un peu plus inſtruit que les autres, ſi ceux-ci euſſent été auſſi ſçavans qu'ils ſembloient l'être, s'ils avoient eu toutes les qualités qu'ils faiſoient briller avec tant de pompe, ils euſſent paſſé pour des prodiges ; ils auroient été recherchés de tous ; chacun ſe ſeroit empreſſé pour les avoir, les poſſéder, les retenir chez ſoi ; & ceux qui n'auroient pu les fixer avec eux, les auroient plutôt ſuivis par toute la terre, que de perdre une occaſion ſi rare de s'inſtruire & de devenir des Héros pareils à ceux qu'on leur faiſoit admirer *.

---

* Platon ne veut pas dire qu'un homme entendu pour ſes intérêts & verſé dans les affaires lucratives, ne puiſſe, en trafiquant de la Poëſie ou par d'autres moyens, parvenir à une grande

CONVENONS donc que tous les Poëtes, à commencer par Homere, nous représentent dans leurs tableaux, non le modèle des vertus, des talens, des qualités de l'ame, ni les autres objets de l'entendement & des sens qu'ils n'ont pas en eux-mêmes, mais les images de tous ces objets tirées d'objets étrangers ; & qu'ils ne font pas plus près en cela de la vérité, quand ils nous offrent les traits d'un Héros ou d'un Capitaine, qu'un Peintre qui, nous peignant un Géometre ou un Ouvrier, ne regarde point à l'art où il n'entend rien, mais seulement aux couleurs & à la figure. Ainsi font illusion les noms

fortune. Mais il est fort différent de s'enrichir & s'illustrer par le métier de Poëte, ou de s'enrichir & s'illustrer par les talens que le Poëte prétend enseigner. Il est vrai qu'on pouvoit alléguer à Platon l'exemple de Tirtée ; mais il se fût tiré d'affaire avec une distinction, en le considérant plutôt comme Orateur que comme Poëte.

& les mots à ceux qui, fenfibles au rithme
& à l'harmonie, fe laiffent charmer à l'art
enchanteur du Poëte, & fe livrent à la
féduction par l'attrait du plaifir ; en forte
qu'ils prennent les images d'objets qui ne
font connus, ni d'eux, ni des auteurs, pour
les objets mêmes, & craignent d'être dé-
trompés d'une erreur qui les flatte, foit
en donnant le change à leur ignorance,
foit par les fenfations agréables dont cette
erreur eft accompagnée.

En effet, ôtez au plus brillant de ces
tableaux le charme des vers & les orne-
mens étrangers qui l'embelliffent ; dé-
pouillez-le du coloris de la Poëfie ou du
ftyle, & n'y laiffez que le deffein, vous
aurez peine à le reconnoître : ou, s'il eft
reconnoiffable, il ne plaira plus ; fem-
blable à ces enfans plutôt jolis que beaux,
qui, parés de leur feule fleur de jeuneffe,
perdent avec elle toutes leurs graces,
fans avoir rien perdu de leurs traits.

Non-seulement l'imitateur ou l'auteur du simulacre ne connoît que l'apparence de la chose imitée, mais la véritable intelligence de cette chose n'appartient pas même à celui qui l'a faite. Je vois dans ce tableau des chevaux attelés au char d'Hector; ces chevaux ont des harnois, des mords, des rênes; l'Orfevre, le Forgeron, le Sellier ont fait ces diverses choses, le Peintre les a représentées; mais, ni l'Ouvrier qui les fait, ni le Peintre qui les dessine ne sçavent ce qu'elles doivent être: c'est à l'Ecuyer ou au Conducteur qui s'en sert à déterminer leur forme sur leur usage; c'est à lui seul de juger si elles sont bien ou mal, & d'en corriger les défauts. Ainsi dans tout instrument possible, il y a trois objets de pratique à considérer, sçavoir l'usage, la fabrique & l'imitation. Ces deux derniers arts dépendent manifestement du premier, & il n'y a rien d'imitable dans la nature à quoi l'on ne puisse appliquer les mêmes distinctions.

Sɪ l'utilité, la bonté, la beauté d'un inftrument, d'un animal, d'une action fe rapportent à l'ufage qu'on en tire; s'il n'appartient qu'à celui qui les met en œuvre d'en donner le modèle & de juger fi ce modèle eft fidelement exécuté : loin que l'imitateur foit en état de prononcer fur les qualités des chofes qu'il imite, cette décifion n'appartient pas même à celui qui les a faites. L'imitateur fuit l'ouvrier dont il copie l'ouvrage, l'Ouvrier fuit l'Artifte qui fçait s'en fervir, & ce dernier feul apprécie également la chofe & fon imitation ; ce qui confirme que les tableaux du Poëte & du Peintre n'occupent que la troifiéme place après le premier modèle ou la vérité.

Mᴀɪs le Poëte, qui n'a pour juge qu'un peuple ignorant auquel il cherche à plaire, comment ne défigurera-t-il pas, pour le flatter, les objets qu'il lui préfente ? Il imitera ce qui paroît beau à la multitude,

fans fe foucier s'il l'eft en effet. S'il peint
la valeur , aura-t-il Achille pour juge ?
S'il peint la rufe, Ulyffe le reprendra-
t-il ? Tout au contraire Achille & Ulyffe
feront fes perfonnages ; Therfite & Dolon
fes fpectateurs.

Vous m'objecterez que le Philofophe
ne fçait pas non plus lui-même tous les
arts dont il parle , & qu'il étend fou-
vent fes idées auffi loin que le Poëte
étend fes images. J'en conviens : mais
le Philofophe ne fe donne pas pour fçavoir la vérité, il la cherche ; il examine,
il difcute, il étend nos vues , il nous
inftruit même en fe trompant ; il propofe
fes doutes pour des doutes, fes conjectures pour des conjectures , & n'affirme
que ce qu'il fçait. Le Philofophe qui
raifonne, foumet fes raifons à notre jugement ; le Poëte & l'imitateur fe fait
juge lui-même. En nous offrant fes images, il les affirme conformes à la vérité,

il eſt donc obligé de la connoître, ſi ſon art a quelque réalité ; en peignant tout, il ſe donne pour tout ſçavoir. Le Poëte eſt le Peintre qui fait l'image ; le Philoſophe eſt l'Architecte qui leve le plan : l'un ne daigne pas même approcher de l'objet pour le peindre ; l'autre meſure avant de tracer.

MAIS de peur de nous abuſer par de fauſſes analogies, tâchons de voir plus diſtinctement à quelle partie, à quelle faculté de notre ame ſe rapportent les imitations du Poëte, & conſidérons d'abord d'où vient l'illuſion de celles du Peintre. Les mêmes corps vus à diverſes diſtances ne paroiſſent pas de même grandeur, ni leurs figures également ſenſibles, ni leurs couleurs de la même vivacité. Vus dans l'eau, ils changent d'apparence ; ce qui étoit droit, paroît briſé ; l'objet paroît flotter avec l'onde. A travers un verre ſphérique ou creux tous les rapports des

traits font changés ; à l'aide du clair &
des ombres, une furface plane fe releve
ou fe creufe au gré du Peintre ; fon pin-
ceau grave des traits auffi profonds que
le cifeau du Sculpteur, & dans les reliefs
qu'il fçait tracer fur la toile, le toucher
démenti par la vue, laiffe à douter auquel
des deux on doit fe fier. Toutes ces erreurs font évidemment dans les jugemens
précipités de l'efprit. C'eft cette foibleffe
de l'entendement humain, toujours preffé
de juger fans connoître, qui donne prife
à tous ces preftiges de magie par lefquels
l'Optique & la Mécanique abufent nos
fens. Nous concluons, fur la feule apparence, de ce que nous connoiffons à ce
que nous ne connoiffons pas , & nos in-
ductions fauffes font la fource de mille
illufions.

Quelles reffources nous font offertes
contre ces erreurs ? Celles de l'examen
& de l'analyfe. La fufpenfion de l'efprit,

l'art de mesurer, de peser, de compter, sont les secours que l'homme a pour vérifier les rapports des sens, afin qu'il ne juge pas de ce qui est grand ou petit, rond ou quarré, rare ou compacte, éloigné ou proche, par ce qui paroît l'être, mais par ce que le nombre, la mesure & le poids lui donnent pour tel. La comparaison, le jugement des rapports trouvés par ces diverses opérations, appartiennent incontestablement à la faculté raisonnante, & ce jugement est souvent en contradiction avec celui que l'apparence des choses nous fait porter. Or nous avons vû ci-devant que ce ne sçauroit être par la même faculté de l'ame, qu'elle porte des jugemens contraires des mêmes choses considérées sous les mêmes relations. D'où il suit que ce n'est point la plus noble de nos facultés, sçavoir la raison ; mais une faculté différente & inférieure, qui juge sur l'apparence, & se livre au charme de l'imitation. C'est ce que je voulois exprimer

ci-devant, en difant que la Peinture, & gé-
néralement l'art d'imiter , exerce fes opérations loin de la vérité des chofes , en
s'uniffant à une partie de notre ame dé-
pourvue de prudence & de raifon , & in-
capable de rien connoître par elle-même
de réel & de vrai *. Ainfi l'art d'imiter ,
vil par fa nature & par la faculté de l'ame
fur laquelle il agit, ne peut que l'être encore par fes productions , du moins quant
au fens matériel qui nous fait juger des tableaux du Peintre. Confidérons mainte-
nant le même art appliqué par les imitations du Poëte immédiatement au fens
interne , c'eft-à-dire , à l'entendement.

---

* Il ne faut pas prendre ici ce mot de *partie*
dans un fens exact , comme fi Platon fuppofoit
l'ame réellement divifible ou compofée. La divi-
fion qu'il fuppofe & qui lui fait employer le mot
de *parties* , ne tombe que fur les divers genres
d'opérations par lefquelles l'ame fe modifie , &
qu'on appelle autrement *facultés*.

LA scène repréfente les hommes agif-
fant volontairement ou par force, efti-
mant leurs actions bonnes ou mauvaifes,
felon le bien ou le mal qu'ils penfent leur
en revenir, & diverfement affectés, à
caufe d'elles, de douleur ou de volupté.
Or, par les raifons que nous avons déjà
difcutées, il eft impoffible que l'homme, ainfi préfenté, foit jamais d'accord
avec lui-même ; & comme l'apparence
& la réalité des objets fenfibles lui en donnent des opinions contraires, de même
il apprécie différemment les objets de fes
actions, felon qu'ils font éloignés ou pro-
ches, conformes ou oppofés à fes paffions ; & fes jugemens, mobiles comme
elles, mettent fans ceffe en contradiction fes defirs, fa raifon, fa volonté &
toutes les puiffances de fon ame.

LA scène repréfente donc tous les hommes, & même ceux qu'on nous donne
pour modèles, comme affectés autrement
qu'ils

qu'ils ne doivent l'être pour se maintenir dans l'état de modération qui leur convient. Qu'un homme sage & courageux perde son fils, son ami, sa maitresse, enfin l'objet le plus cher à son cœur; on ne le verra point s'abandonner à une douleur excessive & déraisonnable; & si la foiblesse humaine ne lui permet pas de surmonter tout-à-fait son affliction, il la tempérera par la constance; une juste honte lui fera renfermer en lui-même une partie de ses peines; &, contraint de paroître aux yeux des hommes, il rougiroit de dire & faire en leur présence plusieurs choses qu'il dit & fait étant seul. Ne pouvant être en lui tel qu'il veut, il tâche au moins de s'offrir aux autres tel qu'il doit être. Ce qui le trouble & l'agite, c'est la douleur & la passion; ce qui l'arrête & le contient, c'est la raison & la loi; & dans ces mouvemens opposés, sa volonté se déclare toujours pour la derniere.

C

En effet, la raison veut qu'on supporte patiemment l'adversité, qu'on n'en aggrave pas le poids par des plaintes inutiles, qu'on n'eſtime pas les choſes humaines au-delà de leur prix, qu'on n'épuiſe pas, à pleurer ſes maux, les forces qu'on a pour les adoucir, & qu'enfin l'on ſonge quelquefois qu'il eſt impoſſible à l'homme de prévoir l'avenir, & de ſe connoître aſſez lui-même pour ſçavoir ſi ce qui lui arrive eſt un bien ou un mal pour lui.

Ainsi ſe comportera l'homme judicieux & tempérant, en proie à la mauvaiſe fortune. Il tâchera de mettre à profit ſes revers mêmes, comme un joueur prudent cherche à tirer parti d'un mauvais point que le hazard lui amene; &, ſans ſe lamenter comme un enfant qui tombe & pleure auprès de la pierre qui l'a frappé, il ſçaura porter, s'il le faut, un fer ſalutaire à ſa bleſſure, & la faire ſaigner pour la guérir. Nous dirons donc que la

conſtance & la fermeté dans les diſgraces
ſont l'ouvrage de la raiſon, & que le
deuil, les larmes, le déſeſpoir, les gémiſ-
ſemens appartiennent à une partie de l'ame
oppoſée à l'autre, plus débile, plus lâche,
& beaucoup inférieure en dignité.

Or c'eſt de cette partie ſenſible & foi-
ble que ſe tirent les imitations touchantes
& variées qu'on voit ſur la ſcène. L'homme ferme, prudent, toujours ſemblable
à lui-même, n'eſt pas ſi facile à imiter;
&, quand il le ſeroit, l'imitation, moins
variée, n'en ſeroit pas ſi agréable au Vulgaire; il s'intéreſſeroit difficilement à une
image qui n'eſt pas la ſienne, & dans laquelle il ne reconnoîtroit ni ſes mœurs,
ni ſes paſſions: jamais le cœur humain ne
s'identifie avec des objets qu'il ſent lui
être abſolument étrangers. Auſſi l'habile
Poëte, le Poëte qui ſçait l'art de réuſſir,
cherchant à plaire au Peuple & aux hommes vulgaires, ſe garde bien de leur offrir

la fublime image d'un cœur maître de
lui, qui n'écoute que la voix de la fa-
geffe ; mais il charme les fpectateurs par
des caracteres toujours en contradiction,
qui veulent & ne veulent pas, qui font
retentir le Théâtre de cris & de gémiffe-
mens, qui nous forcent à les plaindre,
lors même qu'ils font leur devoir, & à
penfer que c'eft une trifte chofe que la
vertu, puifqu'elle rend fes amis fi mifé-
rables. C'eft par ce moyen, qu'avec des
imitations plus faciles & plus diverfes, le
Poëte emeut & flatte davantage les fpectateurs.

Cette habitude de foumettre à leurs
paffions les gens qu'on nous fait aimer,
altère & change tellement nos jugemens
fur les chofes louables, que nous nous ac-
coutumons à honorer la foibleffe d'ame
fous le nom de fenfibilité, & à traiter
d'hommes durs & fans fentimens ceux
en qui la févérité du devoir l'emporte,

en toute occafion , fur les affe*@*ions na-
turelles. Au contraire, nous eftimons comme gens d'un bon naturel ceux qui , vive-
ment affe*@*és de tout, font l'éternel jouet
des évenemens ; ceux qui pleurent comme des femmes la perte de ce qui leur
fut cher ; ceux qu'une amitié défordonnée
rend injuftes pour fervir leurs amis ; ceux
qui ne connoiffent d'autre regle que l'a-
veugle penchant de leur cœur ; ceux qui ,
toujours loués du fexe qui les fubjugue
& qu'ils imitent ; n'ont d'autres vertus
que leurs paffions , ni d'autre mérite que
leur foibleffe. Ainfi l'égalité , la force ,
la conftance, l'amour de la juftice , l'empire de la raifon , deviennent infenfible-
ment des qualités haïffables , des vices
que l'on décrie ; les hommes fe font honorer par tout ce qui les rend dignes de
mépris ; & ce renverfement des faines
opinions eft l'infaillible effet des leçons
qu'on va prendre au Théâtre.

C iij

C'EST donc avec raison que nous blâmions les imitations du Poëte & que nous les mettions au même rang que celles du Peintre, soit pour être également éloignées de la vérité, soit parce que l'un & l'autre flattant également la partie sensible de l'ame, & négligeant la rationelle, renversent l'ordre de nos facultés, & nous font subordonner le meilleur au pire. Comme celui qui s'occuperoit dans la République à soumettre les bons aux méchans, & les vrais chefs aux rebelles, seroit ennemi de la Patrie, & traître à l'État; ainsi le Poëte imitateur porte les dissensions & la mort dans la République de l'ame, en élevant & nourrissant les plus viles facultés aux dépens des plus nobles, en épuisant & usant ses forces sur les choses les moins dignes de l'occuper, en confondant par de vains simulacres le vrai beau avec l'attrait mensonger qui plaît à la multitude & la grandeur apparente avec la véritable grandeur.

QUELLES ames fortes oferont fe croire à l'épreuve du foin que prend le Poëte de les corrompre ou de les décourager ? Quand Homère ou quelque Auteur tragique nous montre un Héros furchargé d'affliction, criant, lamentant, fe frappant la poitrine : un Achille, fils d'une Déeffe, tantôt étendu par terre & répandant des deux mains du fable ardent fur fa tête ; tantôt errant comme un forcené fur le rivage, & mêlant au bruit des vagues fes hurlemens effrayans : un Priam, vénérable par fa dignité, par fon grand âge, par tant d'illuftres enfans, fe roulant dans la fange, fouillant fes cheveux blancs, faifant retentir l'air de fes imprécations, & apoftrophant les Dieux & les hommes ; qui de nous, infenfible à ces plaintes, ne s'y livre pas avec une forte de plaifir ? Qui ne fent pas naître en foi-même le fentiment qu'on nous repréfente ? Qui ne loue pas férieufement l'art de l'Auteur, & ne le regarde pas comme un grand

Poëte, à cause de l'expression qu'il donne à ses tableaux, & des affections qu'il nous communique ? Et cependant lorsqu'une affliction domestique & réelle nous atteint nous-mêmes, nous nous glorifions de la supporter modérément, de ne nous en point laisser accabler jusqu'aux larmes ; nous regardons alors le courage que nous nous efforçons d'avoir comme une vertu d'homme, & nous nous croirions aussi lâches que des femmes, de pleurer & gémir comme ces Héros qui nous ont touchés sur la scène. Ne sont-ce pas de fort utiles Spectacles que ceux qui nous font admirer des exemples que nous rougirions d'imiter, & où l'on nous intéresse à des foiblesses dont nous avons tant de peine à nous garantir de nos propres calamités ? La plus noble faculté de l'ame, perdant ainsi l'usage & l'empire d'elle-même, s'accoutume à fléchir sous la loi des passions ; elle ne réprime plus nos pleurs & nos cris ; elle nous livre à notre attendriſſement pour des objets qui nous ſont étrangers ; & ſous prétexte de commiſération pour des malheurs chimériques, loin de s'indigner qu'un homme vertueux s'abandonne à des douleurs exceſſives, loin de nous empêcher de l'applaudir dans ſon aviliſſement, elle nous laiſſe applaudir nous-mêmes de la pitié qu'il nous inſpire ; c'eſt un plaiſir que nous croyons avoir gagné ſans foibleſſe, & que nous goûtons ſans remords.

Mais en nous laiſſant ainſi ſubjuguer aux douleurs d'autrui, comment réſiſterons-nous aux nôtres ; & comment ſupporterons-nous plus courageuſement nos propres maux que ceux dont nous n'appercevons qu'une vaine image ? Quoi ! ferons-nous les ſeuls qui n'aurons point de priſe ſur notre ſenſibilité ? Qui eſt-ce qui ne s'appropriera pas dans l'occaſion ces mouvemens auxquels il ſe prête ſi volontiers ? Qui eſt-ce qui ſçaura refuſer à

ſes propres malheurs les larmes qu'il pro-
digue à ceux d'un autre ? J'en dis autant
de la Comédie, du rire indécent qu'elle
nous arrache, de l'habitude qu'on y prend
de tourner tout en ridicule, même les objets les plus ſérieux & les plus graves, &
de l'effet preſque inévitable par lequel
elle change en bouffons & plaiſans de
Théâtre, les plus reſpectables des Citoyens.
J'en dis autant de l'amour, de la colère,
& de toutes les autres paſſions, auxquel-
les devenant de jour en jour plus ſenſibles
par amuſement & par jeu, nous perdons
toute force pour leur réſiſter, quand elles
nous aſſaillent tout de bon. Enfin, de quelque ſens qu'on enviſage le Théâtre & ſes
imitations, on voit toujours, qu'animant
& fomentant en nous les diſpoſitions qu'il
faudroit contenir & réprimer, il fait do-
miner ce qui devroit obéir ; loin de nous
rendre meilleurs & plus heureux, il nous
rend pires & plus malheureux encore,
& nous fait payer aux dépens de nous-

mêmes le soin qu'on y prend de nous plaire & de nous flatter.

Quand donc, ami Glaucus, vous rencontrerez des enthousiastes d'Homère; quand ils vous diront qu'Homère est l'instituteur de la Grèce & le maître de tous les arts; que le gouvernement des États, la discipline civile, l'éducation des hommes & tout l'ordre de la vie humaine sont enseignés dans ses écrits; honorez leur zèle; aimez & supportez-les, comme des hommes doués de qualités exquises; admirez avec eux les merveilles de ce beau génie; accordez-leur avec plaisir qu'Homère est le Poëte par excellence, le modèle & le chef de tous les Auteurs tragiques. Mais songez toujours que les Hymnes en l'honneur des Dieux, & les louanges des grands hommes, sont la seule espèce de Poësie qu'il faut admettre dans la République; & que, si l'on y souffre une fois cette Muse imita-

tive qui nous charme & nous trompe par
la douceur de ſes accens , bientôt les
actions des hommes n'auront plus pour
objet , ni la loi, ni les choſes bonnes
& belles , mais la douleur & la volupté :
les paſſions excitées domineront au lieu
de la raiſon. Les Citoyens ne ſeront plus
des hommes vertueux & juſtes, toujours
ſoumis au devoir & à l'équité , mais des
hommes ſenſibles & foibles qui feront le
bien ou le mal indifféremment , ſelon
qu'ils feront entraînés par leur penchant.
Enfin , n'oubliez jamais qu'en banniſſant
de notre État les Drames & Pieces de
Théâtre , nous ne ſuivons point un entê-
tement barbare , & ne mépriſons point
les beautés de l'art ; mais nous leur pré-
ferons les beautés immortelles qui réſul-
tent de l'harmonie de l'ame , & de l'accord de ſes facultés.

Faisons plus encore. Pour nous garantir de toute partialité , & ne rien don-

ner à cette antique diſcorde qui regne entre les Philoſophes & les Poëtes, n'ôtons rien à la Poëſie & à l'imitation de ce qu'elles peuvent alléguer pour leur défenſe, ni à nous des plaiſirs innocens qu'elles peuvent nous procurer. Rendons cet honneur à la vérité d'en reſpecter juſqu'à l'image, & de laiſſer la liberté de ſe faire entendre à tout ce qui ſe renomme d'elle. En impoſant ſilence aux Poëtes, accordons à leurs amis la liberté de les défendre & de nous montrer, s'ils peuvent, que l'art condamné par nous comme nuiſible, n'eſt pas ſeulement agréable, mais utile à la République & aux Citoyens. Écoutons leurs raiſons d'une oreille impartiale, & convenons de bon cœur que nous aurons beaucoup gagné pour nous-mêmes, s'ils prouvent qu'on peut ſe livrer ſans riſque à de ſi douces impreſſions. Autrement, mon cher Glaucus, comme un homme ſage, épris des charmes d'une maitreſſe, voyant sa vertu prête à l'abandonner, rompt, quoiqu'à regret, une si douce chaîne, & sacrifie l'amour au devoir & à la raison; ainsi, livrés dès notre enfance aux attraits séducteurs de la Poësie, & trop sensibles peut-être à ses beautés, nous nous munirons pourtant de force & de raison contre ses prestiges : si nous osons donner quelque chose au goût qui nous attire, nous craindrons au moins de nous livrer à nos premieres amours : nous nous dirons toujours qu'il n'y a rien de sérieux ni d'utile dans tout cet appareil dramatique : en prêtant quelquefois nos oreilles à la Poësie, nous garantirons nos cœurs d'être abusés par elle, & nous ne souffrirons point qu'elle trouble l'ordre & la liberté, ni dans la République intérieure de l'ame, ni dans celle de la société humaine. Ce n'est pas une légere alternative que de se rendre meilleur ou pire, & l'on ne sçauroit peser avec trop de soin la délibération qui nous y conduit. O mes amis ! c'est, je l'avoue ; une douce chofe de fe livrer aux charmes d'un talent enchanteur , d'acquérir par lui des biens , des honneurs , du pouvoir , de la gloire : mais la puiffance , & la gloire , & la richeffe , & les plaifirs , tout s'éclipfe & difparoît comme une ombre , auprès de la juftice & de la vertu.

FIN

9 782014 091090